神様のいる街

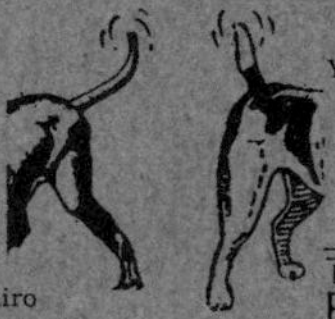

吉田篤弘
Yoshida Atsuhiro

夏葉社
Natsuhasha

目次

トカゲ色の靴　7
ホテル・トロール・メモ　51
二匹の犬の街　81
あとがき　117

装幀――クラフト・エヴィング商會
挿絵――吉田篤弘

神様のいる街

トカゲ色の靴

周波数を探っていた。日曜日の深夜だった。その時間帯だけ空気がきれいになる。壊れかけたラジカセのチューニング・ダイヤルを一ミリずつ動かし、東京から五百キロ離れた神戸のラジオ局の電波をとらえようとしていた。聴きたい番組があったわけではない。ただ、神戸の時間や空気とつながれば、それでよかった。

＊

ビートルズのシングル盤をすべて売り払った。渋谷宇田川町の坂の途中にあった中古レコード屋で、女性の店主は僕が持ち込んだレコードが、どれも六〇年代のオリジナル盤であることを念入りに確かめると、驚くような値段で買い取ってくれた。

そのお金で神戸に行った。着替えと文庫本を鞄に入れ、家族がまだ眠っている時間にひっそりと家を出た。

始発電車を待つ古びた駅舎は廃業になった水族館を思わせ、がたついた窓が風に音をたてて、ぼんやりと自分の顔を映した。

二十歳だった。

東京駅、六時二十四分発のひかり号に乗った。そうして一人で神戸に行くのは、それが五度目か六度目である。

鞄に入れた文庫本は澁澤龍彥の『悪魔のいる文学史』で、その一冊を夏の終わりに読み始めて、秋が来て冬になっても繰り返し読んでいた。「埋もれた異才を発掘する異色の文学史」と裏表紙の概要に書いてある。概要には「狂気」の二文字も黒光りしていた。

この「狂気」を自分なりの言葉にひるがえすと、「幻を見ること」になる。幻を見る者はいつでも仲間が少なかった。いや、少ないどころか、実際には仲間など一人もいない。

それで、本ばかり読んでいた。本を読むよりほかなかったのだ。幻を見る人が書いた幻のような本に魅かれ、しかし、それはまったくもって幻の本で、手に入れることは叶わなかった。

神戸に到着しても、まだ朝のままだった。東京は曇っていたのに、神戸はなぜかいつも晴れている。

新神戸駅から三宮駅に向かうバスは満員で、乗客は皆、仕事や学校に出かける街の人たちだった。

街の人々が一日を始めていく様子が快かった。駅を中心にして、若い人たちも老人たちも、皆、思い思いに街を歩いて行く。

神戸の中心地区は、海側のオフィス街と山側の住宅地の距離が歩いて行ける距離にあった。東京には、なかなかそういう街はない。

鞄の中の『悪魔のいる文学史』はフランスの異端文学者について書かれた本だったが、僕はフランスになど行ったことはなく、異国への旅は本の中でしか味わえなかった。

でも、住居とオフィスと商店が歩いて行ける距離に収まっているのはパリのようじゃないかと思う。生活と仕事が渾然一体となっていて、歩いてすぐだから、生活をそのまま纏った人たちが、仕事を始めるために朝の街に繰り出してくる。フランスの昔の小説に出てくるパリに似ていた。


三宮駅の山側に外国のタバコと酒を売る小さな店があり、色とりどりの商品を駅の売店のように並べていた。朝早くから開店しているようで、そこでたびたび、オジバを見かけた。

オジバというのはオジサンとオバサンを掛け合わせた自前の造語である。オジサンなのかオバサンなのか、一瞥では判断のつかない人を、親しみをこめてそう呼んでいた。

オジバは、見かけるたび、耳慣れない名前の外国のタバコを二カートン買っていた。チューイングガムを物色しているふりをしてオジバと店主の会話を立ち聞きしたが、オジバは声までもが中性的で、やはりどちらともつかない。二カートンを裸のまま胸に抱え、「オオキニ」ではなく「アリガト」と、ぎこちなくそう云って、しわだらけの札を店主に渡した。

日本人ではなかったかもしれない。神戸にいるあいだ、毎日、観察していたわけではなかったから、オジバが毎朝、そうしてタバコを買っていたかどうかは判らない。が、そこでタバコを二カートン買うことが、オジバの朝の儀式であるように見えた。

さて、それでその二カートンが街のどこへ消えていくのか――。

誰の手に渡って、どこで煙と化すのか、それを考えるだけで、どこからか物語の声が聞こえてくるようだった。

この街には無数の物語があった。小さな箱におさまった物語が街の至るところに並び――それはつまり小さな街に小さな店がひしめている様そのものでもあったが――本棚に並ぶ書物のように、ページをめくれば、そこに尽きせぬ物語が隠されていた。

街の人たちは、そのいくつもの物語をそれとなく知っていて、物語を引き継いだり、ときには、物語に突き動かされたりしながら毎日を生きている。僕は勝手にそのページをめくって読みとろうとしていた。

ポケットの中に、小さなノートと、鉛筆と、レコードを売り払って手に入れたわずかなお金があった。黒いうわっぱりを着て髪を伸ばし、郵便配達員のためにつくられたトカゲ色のおかしな靴を履いていた。

あのビートルズのレコードは従姉妹から譲り受けたものだった。宝物のひとつと云ってもいい。それを、売ってしまった。

どうしても神戸に行きたかった。行かなくてはならない。（いま行かなくては駄目だ）と、どこからか声が聞こえてきた。


神戸にいると、僕は神様の声が聞こえるのだ。

（いいか、いまのうちに見ておけ）

神様は何度もそう云っていた。けしかけるような云い方だった。

思えば、子供のころから偶然や運命といったものに特別な思いを抱いてきた。偶然と運命は正反対の言葉のように思われるが、何かちょっとした偶然を見つけたとき、それがそのまま自分の運命だと受けとってきた。

僕は「神戸」という街の名を口にするだけで、あるいは、その文字の並びを目にするだけで嬉しくなってしまうのだが、あるとき、神戸駅の構内を歩いていて、駅名表示の文字の並びに、「神」の一字があることに気づいて、（そうか）と立ちすくんだ。

この街で神様の声を耳にするのは、きっと自分だけの妄想ではない。普通なら信じないようなことを信じてしまうことを、僕は「偶然」と呼んだり、「運命」と呼んだりしてきたのだと思う。


駅前の〈にしむら〉でコーヒーを注文してぼんやり待っていると、突風のように一人の男が入ってきて、席につくなり「コーヒーとトースト」と大きな声をあげた。帽子を脱ごうとせず、黒ぶち眼鏡のレンズが汚れているのか、それとも自身の熱気によるものなのか、左右いずれも白く曇っている。

コーヒーが到着すると、あきらかに唇を火傷しながら猛然と飲み、つづいてトーストがやって来ると、何かに復讐するような勢いで歯を鳴らしながら齧りついた。嵐が通過するように瞬時に平らげ、息をつく間もなく、「コーヒーとトースト」と声をあげて、おかわりを注文した。

コーヒーを飲み終えたら行くところがあった。

酒屋の裏手の駐車場に、空き瓶を積み上げた一角があった。空き瓶にまみれて小さな犬小屋があり、そこにそっくり同じ二匹の犬がつながれていた。二匹がどのように、ひとつの小屋を共有していたのかは知らない。兄弟なのか仲がよく、妙に人なつっこくて、僕が近づいていくと、二匹は同じリズムで同じように懸命にしっぽを振った。挨拶をしているらしい。

「おはよう」と僕も挨拶をする。

おはよう、犬たち。おはよう、神戸の街――。


犬の他に挨拶を交わす人がいなかった。知り合いも友達もいない。神戸にいるあいだはまったく一人きりで、それゆえ、自分の頭の中が自分一人だけのものになった。自分の考えだけで頭の中が充たされている。

東京にいるときは、なかなかそうもいかなかった。生きれば生きるほど、頭の中の隅々までを自分のものにすることが難しくなっていた。

異人館には行かない。ポートタワーにものぼらない。高いところから夜景を眺めることにも興味がなかった。

海と山がすぐそこにあることが、この街の素晴らしさを際立たせているのは間違いない。でも、それはあくまでも海と山が街とひとつになっているからで、重要なのは、なにより街だった。

街にいると、常に海の気配を感じた。だから、わざわざ港まで出て、海を眺めることはまずなかった。

ただ、神戸には出ベソのような人工島があり、街の大きさに見合った小ぢんまりとした島が海に突き出ていた。

この人工島を一周する無人電車が走っている。「無人電車」という云い方は僕の頭の中だけのもので、正確に云うと、自動運転で走る鉄道である。運転手のいない電車が、子供のころに漫画雑誌のグラビアページで見た二色刷りの未来を思わせた。

無人電車は三宮の街なかから出発して、海を渡り人工島に出る。アルファベットのEのかたちをした島の中を一周し、また海を渡って三宮まで戻ってくる。運賃は百九十円で、どこにも降りなければ、百九十円で一周できた。安上がりな時間つぶしであり、いったん街を離れて、街を俯瞰するのに好都合だった。

あるとき、いつもどおり三宮駅で無人電車に乗り、出発を待っていると、制服を着た女の子が一人で乗ってきた。学校帰りのようだった。人工島には大きな団地がある。団地に帰るのだろうと思っていた。が、彼女はどの駅にも降りなかった。ひたすら窓の外の海を見ている。海へ出ていくときは視界がひらけて気が晴れるのだが、街に戻っていくときがまたいい。ひととき、街の喧騒から離れ、ぼんやりと頭をからっぽにしたら、また喧騒が恋しくなってくる。

彼女だけではなかった。老若男女さまざまな人たちが一人で無人電車に乗り、ただぼんやりと海を眺めながら一周する姿に何度も出くわした。

この人工島の突先には遊園地があり、海風に吹かれながら大きな観覧車が回っていた。観覧車のゴンドラの中にも——当然ながら——人はいる。
目をこらすと、やはり一人で乗っている人がいた。
「ときどき、一人で観覧車に乗って考えごとをするんだけど——」
街なかの喫茶店で誰かがそう話しているのを耳にしたことがあった。
そうか——。
無人電車は、縦にではなく横にまわる観覧車なのだった。

＊

トカゲ色の靴は下北沢で見つけたもので、駅前の市場の奥に山と積まれて投げ売りされていた。つま先に鉛が仕込んである。意外にしっかりしたものだったが、一足五百円で、自分にはその値段が相応だった。

トカゲと云ってもトカゲ革ではない。ぬらりと光っているわけでもなかった。正しくは「ひからびたトカゲ」で、角度によって、青に見えたり、緑に見えたり、あるいは銀色にも見えた。五百円の値札の隅に「郵便配達員のためにつくられた靴です」と但し書きがあり、何十年も前の在庫品を倉庫の奥から見つけてきたようだった。
何色でもないその靴を、何色でもないがゆえに気に入って、どこへ行くにもそれを履いて行った。

とはいえ、どこへでも行けたわけではない――。
美術大学に行きたかったが行けなかった。
もっと早くから決めていればどうにかなったかもしれなかったが、中学高校の六年間は音楽に夢中で、バンドを組んで、曲を作ったり、ギターを弾いたりすることが無上の喜びだった。

高校三年生になったとき、ドラムの太郎が、「おれは美大に行く」とバンド練習の帰りに、こっそり僕だけに打ち明けた。御茶ノ水にある予備校に通うという。

太郎とは中学校で知り合った。彼の父親は建築家で、坂の途中の大きくも小さくもないモダンな家に住んでいた。

彼は小学生のころからドラムを叩き、兄貴のバンドに参加して、ヤマハの大きなコンテストに出場したらしい。「いいところまで行ったけど、中島みゆきに負けてしまった」というのが語り草になっていた。

僕は自分のことをかなり変わった奴に違いないと思っていたが、彼こそ本物の変わり者で、自分の経験からすると、変わり者同士はなかなか気が合わない。が、われわれは誕生日が二日違いで、性格はズレていても、目指すところがどこかしら似ていた。

彼は学ランのポケットに手のひらに乗るような小さな将棋盤をひそませ、ときどき取り出しては、小指の先にも充たない極小の駒を動かして詰将棋をしていた。ボンゴの叩き過ぎで指の先が丸く変形し、あらかた指紋が消えかかったその指先に、いびつな形の爪が埋まり込んでいた。爪を噛むのが癖だった。難しいことに直面すると、彼は爪を噛みながら、しばらく沈黙していた。

僕は一年中、ギターを弾いて過ごし、バンドのメンバーは何度も入れかわったが、自分と太郎だけが辞めずにつづけていた。だから、僕は彼以外のドラマーでギターを弾いたことがない。

ドラマーはバンドのペースメイカーで、なおかつムードメイカーとしても活躍していた。太郎は適役だった。変わり者ではあったが、誰とでもすぐに仲良くなる。喧嘩をしているところを見たことがなかった。おおらかで、ともすれば、のんびり屋で、のんびりが嵩じて大変な遅刻魔だった。ムードメイカーとしては申し分ないけれど、ペースメイカーがあまりにマイペースすぎると、うまくいかないこともある。それで、いつからかバンドに関わるたいていのことは僕が前へ進めていた。

そんな太郎が、「おれは美大に行く」と云い出し、「お前も行かない？」と小声で付け加えた。

ひと晩、考えた。

そのひと晩が、長い道のりにあらわれた最初の岐路になったのだが、このときばかりは、ペースメイカーとしての彼に従った。

同じ美術大学を目指し、同じ予備校の同じアトリエに通って、雪の降りしきる寒い日に試験を受けた。が、結果は二人とも不合格で、彼は浪人の道を選んで、僕は予備校に隣接した専門学校に入学した。

しかし、学校には通わなかった。学校の横を素通りし、アテネ・フランセのある並木道を渡って、山の上ホテルの裏から、明治大学の裏手につづく細い坂道を蛇行しながらおりていった。毎日、そうして逃げていた。

予備校時代に、初めてその坂をおりたときは、風景のすべてが活き活きと見えた。デッサンを始める前の夕方のひとときだ。胸のポケットにステッドラーの青い2Bペンシルを差し、ひとり、気まぐれに手ぶらでアトリエを出た。空気が青い。なにやら異国めいていて、季節は春で、何もかもが手ぶらのような心地よさがあった。紅茶を飲ませる店があり、バーのあかりがやんわりと灯って、坂をおりきる手前にほどよい大きさの公園があった。遊具が揃っている。子供たちが声をあげて遊び、鳩が平和に鳴いていた。

その様子を眺めていたら、背後から給食のような匂いが漂ってきて、一緒にジャズの生演奏が聞こえてきた。演奏はいただけなかったが、その下手さ加減がその場の空気になじんでいる。ときどき音楽は途切れて静かになり、代わりに、ゆるゆると吹いてくる風に樹々が揺さぶられる音が聞こえてきた。

どうやら、音楽は明治大学の中から響いてくるようだ。公園の緑と大学の敷地に植えられた樹々が坂道を覆うように繁り、それで、そのあたりは少し薄暗い。その薄暗さが、そのまま大学の食堂の中につながっていて、給食のような匂いの正体は、その食堂から漂ってくるものだった。

吸い込まれるように中に入った。

天井が低く、照明もまばらで穴ぐらのようである。脇に生協があり、ジャズ研の部室があって、音の源はそこだった。

いくつもの声と人々の影が錯綜している。云い知れぬ活気があり、フランスに行ったことはないけれど、フランスの大衆酒場に紛れ込んだようだった。食堂の名は〈師弟食堂〉とある。その名のとおり、教師と生徒が席を並べ、公園の方からも次々と客がやってきた。老人もいれば中学生もいて、その混沌さが、壁の汚れを背にして絵になっていた。

食堂を出て、坂の残りをおりきると、ビルとビルにはさまれた細い路地に入り込む。そこから、まっすぐ車の行き交う通りまで出れば、学生街の雰囲気から一変して、目の前に神保町の古書街がひろがった。

神保町の古書店の店主は、皆、怖かった。そこには「畏怖」と「畏敬」が混ざり合っている。見るからに怖そうな店主もいて、店に入るときは、ちょっとした気合いが必要だった。

もちろん、棚に並ぶ本のたたずまいにも畏れ多いと感じていた。僕のような学校をサボタージュした不真面目な奴が、何も知らないのに知ったような顔で古書店に出入りするのはいかがなものだろう――。

が、自分には行くところがなかった。居場所が見つからなかった。

古書街には何度か来たことがあり、そこにどれほど沢山の本がひしめいているか知っていた。その質と量が、世界中を見渡しても、これほどの域に達している街は他にない。少なくとも、ひとつの街というくくりで考えたら、神保町は地球上で、もっとも本が集まっている街だった。

学校にはほとんど通わず、毎日ひたすら神保町に通いつづけた。

毎日通っていると、なおのこと、この街の凄みが体に伝わってくる。

毎日、本が入れ替わった。毎日、本が売れて棚から消え、そこにまた次の本が補充されて、すぐに売れていった——。


川のようだった。毎朝、大きな川のほとりに立って水の流れを見きわめ、魚のいそうな場所に見当をつけて、川の中に入っていく。

流れ動いていた。ときにゆったりと、ときに急流になり、川はまさに万巻の書をたたえて、休みなく流れつづけていた。毎日が冒険だった。

日々、発見があり、これは記録すべきだと、夜遅くに日記をつけた。

日記の書き出しは毎日同じである。

「出席だけとって、坂を下り、師弟食堂でホットドッグ百円とコーヒー牛乳五十円を腹におさめる。いつもどおり文省堂の外の棚から見た」

〈文省堂〉は古書街で朝一番に開く店だった。他の店より三十分は早い。他の店は十時を過ぎないと開かなかったから、そうした事情を知っている古書ハンターの強者たちが早朝のカラスのように群がっていた。店の外の側壁に棚が並び、文庫本を中心にした格安の本がつぎつぎと補充されてゆく。まさに朝市の雰囲気があった。

夏が終わるころに、この棚の中から『悪魔のいる文学史』を見つけて拾いあげた。百円だった。まだ出たばかりの新刊で、おそらく未読の新品である。表通りの新刊書店で買えば定価の四百四十円だったから、三百四十円儲けたことになる。いや、儲けたはずはなく、実際はホットドッグ一本分の代金が消えたのである——。

こうした細かい駆け引きをしながら本を見ていった。「買っていった」と云えないのがなんとも悲しい。買うのは、せいぜい五百円以内の掘り出しもので、三千円の本が欲しかったときは、三日迷って、結局、買わなかった。日記には、そうして買えなかった本のことが切々と書かれている。名付けて、「買えずじまい日記」——。

こんな本を見つけたが高くて買えなかった。今日はこんな本に出くわしたが高くて買えなかった——延々と悲しげに書きつらねていた。無念にも触れただけで棚に戻すしかなく、いつか必ず買おう、と覚え書きされた何百冊もの本が列挙されていた。

＊

そうした日々に、ある日、転調が訪れた。

とある老舗古書店の棚を見ていたときだ。深緑色の背表紙に赤い文字で刷られた『文と本と旅と』という表題が目にとまった。反射的に棚から本を引き抜く。著者の名は上林暁。覚えのない名前だった。少なくとも、新刊書店で目にしたことはない。手にした本は少し小ぶりで、厚さもほどよく、手の中にすんなりとおさまった。これはいい本に違いない。直感が働き、ページをめくってみると、いかにも面白そうである。表題どおり、「文と本と旅」について書かれた随筆が並んでいた。

これは買いたい、と値札を見た。三千八百円――。棚に戻した。とても買えない。そいつを買ってしまったら、当分のあいだ、食事が出来なくなる。三千八百円は、ホットドッグ三十八本分だった。

しかし、棚に戻した背表紙を眺めるうち、また手にとりたくなって抜き出した。われながら、めずらしいことである。いつもなら、タイトルと著者名を手帳に控え、日記の「買えなかった」リストに付け加えるだけだった。

でも、この本はきっとすぐに売れてしまう。明日また見にきても、もうなくなっているに違いない。適当に拾い読みしただけでも文章に味わいがあり、なにより古本について書いてあるのがよかった。古本屋の客は古本について書かれた本が好物なのだ。そこに「文」と「旅」まで付いてきたら申し分ない。

「文」と「本」と「旅」こそが自分を支えていた。「旅」を「街」に差し替えて「文と本と街」でもいい。自分が旅に出る理由は、いつも歩いているなじみの街とは別の街を歩きたかったからだ。

そう考えると、（おい、この本を買わないでどうする）と自分の中にいる神様――いや、この場合は悪魔だろうか――が囁いた。そう云えば、背中のナップザックの中には、すでに何度も読んだ『悪魔のいる文学史』が放り込んである。ときに神様は悪魔になり、悪魔は神様になった。なにしろ、悪魔はもともと天使だったのだから――。

悪魔の囁きは神様の導きになり、これは運命なのだ、とついに運命まで起用されて、その本を買うことに決めた。古本屋の客は本を買う理由を一ダースは用意している。「運命」はその中の最後の切り札だった。

一週間分の食事代をすっかり使ってしまったので、とにかく本を抱えてまっすぐ家に帰った。そうするしかなかった。食べ残しの食パンを齧り、ただただ楽しく『文と本と旅と』を読んだ。予想を上回るいい本で、その本がいい本であっただけでなく、上林暁という作家の人柄にその一冊で魅了された。

この人の書いたものをもっと読みたい――日記にそう書き、次の日、自分の書棚から二十冊ほど本を引き抜いて、池袋の古本屋へ売りに行った。買うのは神保町だったが、売るのは池袋と決めていて、どうにか、ささやかなお金を得て、すぐに神保町に走った。

古書街を歩く愉しみが一段と増すのは未知の作家に出会ったときである。毎日眺めていた古本屋の棚が、突然、宝を隠し持った秘密の場所に見えてくる。同じ棚が違って見えた。逆に云うと、それまでは宝を前にしながら、まるで気づかなかったのである。

僕はその日、神保町の見慣れた古本屋の棚から、それまで見過ごしていた上林暁の本を何冊も見つけることになるだろうと胸を躍らせていた。お金も少しはある。さぁ、どんな本が見つかるのか、と片っぱしから見ていった。

しかし、見つからなかった。本当にまったくなかった。

いや、そんなはずはない、この街は世界でいちばん本が集まっているところなのだ――そうつぶやきながら、普段は行かないような店の棚まで隈なく見た。が、見つかったのはわずかに一冊だけ、『聖ヨハネ病院にて』

なる文庫本で、仕方なく——怖かったけれど——意を決して、店主に訊いてみた。毎日、店主の顔は遠目に見ていたが、話をしたのはそれが初めてである。

「上林暁の本を探しているんですが——」

おそるおそる、そう云うと、

「ああ、上林さんね」

店主は旧友を懐かしむような顔になった。

「上林さんの本は、みんな手放さないからね。なかなか出てこないし、出てきても、すぐに売れちゃうし。探してる人が多いんですよ」

そうなのか、と背筋が伸びた。

一日中歩きまわって、なんとか手に入れた『聖ヨハネ病院にて』を、その夜、しみじみと読んだ。短編をひとつ読むたび、「なんだ、これは」と思わず声が出る。あたたかく、清らかで、つつましくも、滑稽だった。喜怒哀楽のすべてが詰まっている。難しいところがまるでなかった。本物の「愛すべき小説」で、それ以外の言葉が思いつかなかった。

あらためて調べてみると、やはり、新刊書店で手に入る本は一冊もなく、手に入れて読むためには、古書店を渡り歩いて見つけるしかない。調べるうちに、全集が出ていることが判明し、ということは、おそらく図書館に行けば読めるのだろうが、出来れば単行本で読みたかった。

それから本格的な探索が始まった。

上林暁は長編小説をひとつも書いていない。すべて短編集で、選集を除いたオリジナルな短編集は二十九冊あった。二十九冊もあるのだ。（きっと、見つかるはず）と自分に云い聞かせ、神保町のあらゆる古書店をしつこく探し歩いた。

しかし、見つからない――。

探し始めて一週間が過ぎ、ついに見つけたのは、雑居ビルの二階にある一度も入ったことのない店でだった。

棚の隅に五冊並んでいた。一週間探しつづけた「上林暁」の三文字が、五つも並んでいるのを目の当たりにして、息が苦しくなった。

手が震えていたかもしれない。一冊一冊、棚から取り出してじっくり見たが、いずれも古びた本で、紙質がよくない。活字の組み方も上等とは云えず、すべてのページが茶色に変色していて、奥付を見ると、どれも昭和二十年代の前半に刊行されたものだった。戦争末期から戦後にかけての、最も紙がなかった頃である。そんな時代にささやかに刷られた書物だった。（なるほどなぁ）と現物を手にして納得し、値札を見るなり息をのんだ。その、わら半紙を綴じたような本が六千円もする。五冊とも似たような値段で、いちばん安いものでも四千八百円の値がついていた。

三十分近く悩んだ。どれも欲しい。でも、自分が買えるのは一冊だけだ。二冊買う余裕はなかった。

悩み抜いて、『晩春日記』という一冊を選んだ。表題と本のつくりに魅かれたのだ。版元は櫻井書店で、以前からその名は知っていた。稲垣足穂の『彼等』や、レオポール・ショヴォの『年を歴た鰐の話』を出した出版社である。その二冊も神保町で手に入れて、ことさら大切に読んでいた。二冊とも、やはり戦中戦後の物資不足の時代につくられた本で、しかし、そうしたことを感じさせないじつに瀟洒な本だった。その二冊同様、『晩春日記』からも、「いい本をつくりたい」という版元の気概がしっかりと感じられた。

その一週間後である――。

『晩春日記』を読み終えた僕はアルバイトをすることに決めた。働こうと思った。上林暁の本を買うためにである。

そう決めたのだが、すぐにふたつの思いに板挟みになった。とにかく、自分はお金がない。でも、そのかわり、時間はたっぷりある。時間はすべて神保町の本を見て歩くことに費され、その結果、ありとあらゆる本を手にとって、本を覚えた。学校には通わなかったが、古本屋に通い、二度と得られないようなものを得て、「自分は間違っていない」と固く信じていた。

しかし、お金がなければ本を手に入れることが出来ない。手に入れたかった。本を手に入れるために働くのは、きっと間違いではない。だから、そうしよう。そうしたい——。

ところが、働き始めると、途端に時間がなくなった。当然のように神保町を歩く時間がなくなる。

それでこう考えた。

お金を儲けることを考えなければ、人生には時間がたっぷりある——。

お金なのか、時間なのか。本当に必要なのは、はたしてどちらなのか。

答えは出なかった。

初めて働いたお金で本を買ったとき、嬉しくもあったが、ひどく哀しい思いにもなった。件の古本屋に、あと四冊のこっていたはずの上林暁の本はすでに売れてしまい、わずかに一冊だけ売れ残っていた。残された一冊――『夏暦』という本である――を迷わず買い、夜中にページをひらいて、心静かに哀しい気持ちで読んだ。

素晴らしい本だった。何をさしおいても、読むべき本だった。きれいに整えられた全集を図書館から借りて読むのではなく、戦後の貧しさが染みついた、そのぼろぼろの本を自分の右手と左手でページを繰りながら読んでいく――。

本に戦争が染みついていた。そこに時間が流れていた。本の中の時間が右手と左手からステレオで伝わってくる。ざらざらした紙に触れることは、そのまま時間に触れることで、古本を買うということ――手に入れるというのは、こういうことなのだと、ようやく理解しつつあった。

それからというもの、「本をつくりたい」と、なおさら思うようになった。

子供のころから文章を書くことが習慣になっていて、毎日、日記を書くように、なにかしら物語のような、詩のような、それでいて自分自身の日常でもあるような、そうしたものを書いていた。書きながら、たびたび迷って立ちどまり、小説なのか散文詩なのか、結局、ひとつに決められなかった。決められぬまま、ふたつの文章を書き進めていた。

ひとつはとても長い小説で、「ゴールデン・スランバー」あるいは「黄金のうたたね」と呼んでいた。いくつもの物語がつらなった、物語のかたまりのようなもので、冒頭は神戸をモデルにした港町の一角から始まる。旧居留地にある〈奇妙な惑星〉という私設博物館に住む一家の話だった。

もうひとつは、それもまた神戸を背景にし、山手にある小さなホテルを舞台にした物語らしい物語が起きない会話だけで書かれているようなものだった。舞台が神戸であることは明記していたが、ホテルの名前は〈ホテル・トロール〉といって、架空のホテルである。

前者は物語にこだわり、後者は物語から逃げ出すことを目指していた。

神戸に滞在しているあいだは、かならず、そのふたつの小説の断片や覚書をホテルに備え付けのメモパッドに書いた。自分のノートではなく、どういうわけか、ホテルのメモパッドを使うと、言葉がよどみなく出てきた。

そうするうち、ある日、妙なことを思いついた。

あるはずのない〈ホテル・トロール〉のメモパッドをつくったらどうだろう？

架空のホテルの架空のメモパッドである。思いついたら、すぐにつくりたくなり、自分でデザインをして、父に印刷を頼んだ。父は小さな印刷所で働いていたので、実際に仕事でそうしたメモパッドをつくっていた。

出来上がってきたものは、ホテルに備え付けのものとまったく同じ仕様で、以降、神戸でも東京でも、そのメモパッドに創作に関するあらゆることを書きとめた。メモだけではなく、原稿もそこに小さな文字で書いた。云ってみれば、かなり風変わりな自分用の原稿用紙をつくったのである。

そうしてメモパッドに書きとめたものを編集し、〈ホテル・トロール・メモ〉と名付けて、限定一部の小冊子をつくった。パッドから外してばらばらになったメモを、ランダムに重ねて綴じただけだったが、完成された文章ではなく、未完成の言葉だけを集めた、未完成の小さな本になった。

HOTEL
TROLL

Hotel Troll Memo

ホテル・トロール・メモ

Atsuhiro Yoshida

CHUOH-KU. KITANO-CHO 4-16-12. Tel 078-891-308

ていねいに折りたたまれた紙を、
その折りたたんだ人の手つきをなぞるようにして、ひらいていく。
そこに、その人が書いたと思われる短い文章が、
いくつも並んでいる。

それが「記憶」というものの著しい特徴です。「記憶」は、群島のように
ひとつひとつにあざやかな詩劇の要素がある。
ひとつひとつが二分三十秒の魔法の幻燈劇で、それはいつでも懐かしく、
哀しくて、怖くて、どこか勇気を与えてくれるものであるはずです。

時間の地図のどこかに、自分の分身をのこしてきました。
だから、もういちどそこへ行けば、易々と昔の自分に会えるはずです。

ひとつひとつのものが集まるということ。
そしてまた、ひとつに戻っていくということ。
街には常にそうした力が働いている。

長い時間をかけて、一冊の本と歌い合う。即興演奏を愉しむように。
ひとつの本が自分と響き合い、自分の中から言葉が生まれてくる。

会ったばかりのなつかしい人。
ぼくはすこし大きな声で話しすぎた。
たったいま彼女が詩を書いていたテーブル。
小さな本棚の前で。
夜なのに言葉がまぶしく光る。

ぼくはこのごろそうおもっている。

その静かな声。

虫歯の残っていたスパイ。ため息。鼻息。吐息。二十五時三分。安物の夜光時計がそう云っている。アスファルトには自分が吐いた唾が銀色に光っている。月が明るいのだ。いまどこかで一人の男が、狼男に変身しつつある。私は誰が見ているわけでもないのに、ジャケットの裾がわずかにめくれ上がっているのを直す。それから自動販売機の百円珈琲を想う。歯が痛くなってきた。二十五時六分。奥歯である。おかしい。虫歯はすべて治療したはずなのだ。伯母のおかげである。「アンタの歯は二十六点ってところだね」と言いながら、歯医者である伯母は例のドリルで私の虫歯をすべて削りとった。そんなことを思い出していたら、余計に痛くなってきた。私はふたたびジャケットの裾を直す。二十五時八分。

強風地帯には、遠くから飛ばされてきたいろんなものがころがっている。遠くからここへきた。そしてまた次の強風によって遠くへ飛ばされていく。コラージュというものが、つまりは現代におけるオリジナルを意味する。すべての現代人はコラージュで生きている。あるいは、本の中にいる彼の方が現実の彼よりも好ましいかもしれない。自分が書きたい本は『インスタント・コーヒーの詩学』という題名である。小さな三流映画館の四ページだてのパンフレットを書く仕事をしている彼の生活。最終上映の回に泣く。こうして、ひとつの文章が別の文章をつくっていく。

机の上をきれいにして、今日は一日、自分だけの架空の文庫本の目録を考えてみる。

V.　月光都市　余白に書く　カモメ先生　来るべき書物　迷子論　晩春日記　移動祝祭日　ナジャ論　妻がヌードになる場合　風船紛失記　十二の椅子　黒い招待券　蝙蝠日記　日本三大洋食考　詐欺師の楽園　酒場ルーレット紛擾記　猫と詩と颱風　さかさま人生　微笑がいっぱい　無名氏の手記

赤信号に足をとめ、祖父が着ていた大きなコートのポケットから彼女は無意識に文庫本を取り出した。一緒にグレイの毛糸屑と、どこかのスーパーマーケットのレシートがこぼれ出た。しかし、そんなことにはまるで気づかず、彼女はその文庫本を片手で丸めて、そのままそれで鼻の頭を搔いた。身長一七八センチの彼女が右、左と首を振って、あたりを見まわすと、これからゴールを決めるバスケットボール選手のように見えた。

GOLDe
nSLum
bers
KOBE ADRICOT

われわれは、いつものように、劇場の前で待ち合わせをした。劇場の地下には、レモンのかけらが浮いたハイボールだけを飲ませるスタンドバーがある。劇場の入口脇に小さな花屋があり、われわれはそこで顔を合わせる。たいてい、僕が五分の遅刻をし、猿は「しょうがないねぇ」と言って両手をひろげる。両手のあいだに虹が出来て、子供たちがあつまってくる。

定職と自分の縁の無さが、かなりのものになってきた寒い火曜日。午後四時ごろ。伏目君のガラクタ屋で鑑賞するだけの写真機を入手。金五百六十円也を五百円に負けとくよと伏目君。今夜は猟師が鉄砲で撃った猪が鍋になるので食いに来ないか、と変な誘い。シシ鍋をやるから来いよと素直に言わないのが伏目君らしい。ああ、それじゃまた夜に、と五百円玉と写真機を交換し、愛車・シャウトブラザーズの兄の方（自転車）を漕いで北回りに帰還。伏目君の店から自分の部屋へ帰るには、南回りと北回りのふたつの道がある。北回りで帰るのは二週間ぶりか。夕方の空に見とれる。銭湯の入口に「しばらく休業します」の貼り紙。長いあいだお世話になった自動販売機が撤去されていた。鼻白む。犬なら鼻が乾くといったところか。そこで缶コーヒーを買って帰宅すると、ほどよくぬるくなるのがよかった。撤去されたあとの朽ちたコンクリートが歯が抜け落ちたように無惨である。

鞄の中の暗がり。闇。列車に乗っているとき、鞄を手にした人たちのすべての鞄の中に、暗い夜が詰まっているのだと思うと愉快になる。

定職につかず「最終上映映画館」のパンフレットを書く仕事をしている主人公。壊れたカメラをガラクタ屋の伏目君から購入している。修理をして、傷をごまかすために黒く塗装して転売している。これが人気を博して、ある女性と出会う。そのひとはアニー・ジュニアという少年用カメラを探していた。いまはもうないボルタ判なるフィルムを使うカメラだという。絞りの設定が「晴れ」と「曇り」のふたつしかない。ある日、そのカメラを伏目君の店で見つけ、修理をしようとすると、中にフィルムが入っている。

現像してみると、「洞窟の中に巨大な箱舟が隠されている」風景が現れる。カメラには持ち主の名前なのかSHINと彫ってある。奇しくも自分と同じ名前で、シンとは「愚者」＝「フール」のことである。シンの弟のヒューはいた。「哲学サーカス団」を主宰し、シンとヒューは子供のころに博物館に住んでいた。博物館の中庭には一本のすももの木が生え、離婚をして遠い故郷に帰った祖母の土地と、その中庭はつながっている。博物館では、毎年、すももを収穫してすもも酒をつくっていた。ひさしぶりに、すももの収穫期に博物館に帰ると、博物館に展示されていた「物いふ小箱」に導かれ、少年用カメラを探していた彼女と共に「箱舟のある洞窟」を探す冒険に出る。

その奇妙な果実酒は、誰かが「デヴィル」と名付けた暗緑色の細長い瓶に仕込まれていた。どことなく毒薬の瓶を思わせたが、ラベルには祖父の手書きで、こんな風に記してあった。「奇妙な惑星の奇妙な果実」。「奇妙な惑星」というのは、祖父が営んでいる博物館の名前であり、「奇妙な果実」というのは、その博物館の中庭に実っているすももを指していた。

すももの木は「奇妙な惑星」の中心に二本仲良く寄り添うように生えていたが、樹齢を重ねるうち、二本は取り返しがつかないくらい複雑に絡み合い、いつのまにか一本の大木のようになっていた。どれほど有能な庭師であっても、どの枝がどちらの幹のものなのか判別することは不可能である。

樹木は至って寡黙だったが、ときおり港から吹いてくる風が中庭で渦を巻くとき、すももの木は、仕方がない、というふうに枝々をこすり合わせる。それは、樹々たちのぎこちない性愛の交わりを想わせたが、祖父はその絡まり具合を、見事だ、と称賛していた。祖父はどんなものも平等に愛したが、とりわけ博物館とすももの樹には特別な愛情を注いでいた。

果実はその結晶で、その結晶からつくられたすもも酒は祖父の愛情の原液に等しかった。ほのかに湿り気を帯びた飴色のコルクを引き抜くと、すもも酒は不思議な芳香を放ち、小さな緑色の悪魔が、わずかに開いた唇の隙間から何百年も溜め込んだ甘い息を少しずつ吐き出しているようだった。

ただ一冊ではなく、
いくつもの本を書く。

場所の記憶について書かれた本

売店で買った探偵小説

音楽の秘密について書かれた本

楽譜を読む　とても長い時間をかけて

元気を出すための本

一頁だけの本

屋根裏部屋で読んだ本

余白に書かれた本

小さな鼠たちが書いた本
彼らはわれわれのたどり着けない深いところへ行くことができる

世界からはぐれた本

おかしな夢の本

短い言葉だけでつくられた本

読み終えることができない本

短い旅行に出かけるときのための冬の本

誰かがこの街を「微熱王国」と呼んだ。
街灯の下で。薄暗い図書室の片隅で。
あるいは、ひらいたばかりの、一番星のように清潔な酒場の止まり木で。
幾度となくその言葉は空耳のように響いた。
冷めてはいない。
しかし、熱狂してもいない。
王様のいない王国である。

ラベルに「春」とだけ記されたおかしな酒に酔って眠っている。
思えば、いつでもそんなふうに眠りの時間をひきのばしてきた。

そろそろ、毛布から這い出して、
万年筆を胸ポケットに差し、
街へ出て、彼らの声を書きとめておこう。

みんな、
羊の群れを数えつづけて夜を過ごし、
とうに夢見る頃も過ぎてしまった。

朝。枕に顔をうずめて、
霧散してゆく夢の終わりのところを、毛布の中で反芻している。
ふいに「レンゲ」という言葉に誘われる。

半分眠っているような午前八時半の南京町を歩くと、
雑然としているけれど、何かが小さく輝いている。
この時間、どの店もまだシャッターを上げきっていない。
王さんも張さんも林さんもドでかい包丁をカンカン鳴らして仕込み中である。
準備中。WE ARE CLOSED である。
しかし、このシャッターの隙間から光と音の漏れる一角がある。
この一角は、いつだったかの朝にたまたま発見した黄金色の一角だった。
「レンゲ」の誘惑の彼方に半開きで待ち受けている穴ぐらである。

場所は「堂記豚肉店」の裏手あたり、
海側から眺めれば、古びたビルヂングがいくつも並んでいる、
その裏の谷間のようなところに、その店はある。

半開きのシャッターの奥から、
枯れているけれど威勢のいい声や、
老人たちのよく響く声――朝の会話が路地にこぼれ出てくる。
昼間、はためいている赤地に白文字の暖簾はまだ出ていない。
縦長の小さなメニューケースにも光が入っていない。
が、「営業中」のプレートがこっそり掛けられ、
なにより、大鍋から立ちのぼる粥の匂いと湯気とが、
温泉のように路地にたちこめている。
そして音だ。
レンゲが粥をすくいとる音。すする音。
器の底にとろりと溜まった最後のひと口の粥を、
懸命にすくいとっている音――。

いつか生に終わりが来るのなら、
死にもまた終わりが来るに違いない。
ただね、
生の終わりを多くの人は予期するけれど、
死の終わりは、「終わり」を予期する意識がそこにない。
だから、突然、空間の隙間からあらわれるように、
頁と頁のあいだからあらわれるように、
不意にあたらしい生が生まれてくる。
その始まりを見逃さないように——、
神様がそう言っている。

大空

楽隊

うた

1982-1991

KOBE

二匹の犬の街

＊

どうにかして、ふたつをひとつにする方法はないだろうか。

そればかり考えていた。

長い時間をかけて、ひとつながりの物語を書いていると、どういうものか、そんな自分に嫌気がさして、ごく短い、詩の一行のようなものを書きたくなる。けれども、そうして詩の殻の中に閉じこもっていると、今度は、より大胆に、こってりとした長い物語を書きたくなって、しばらく没頭する——。

あるいは、ふたつをひとつにするのではなく、ふたつのままである方がいいのだろうか。

答えが出なかった。

これは、「時間か、お金か」と自問したときと同じで、考えても、すぐに答えが見つかるものではない。

Aか Bか。あちらか、こちらか。

「海側」「山側」という言葉を初めて耳にしたのは、JR神戸線の高架下にある〈丸玉食堂〉のカウンター席においてだった。その店で、夜となく昼となく、肉めしや餃子を食べていた。なりふり構わず夢中になって食べ、食べ終えると、目尻に涙をにじませて、「うまい」と満足した。

一人客なので、カウンター席に陣取るのが決まりだったが、あるとき、店が混んでいて、カウンターのいちばん隅の席に追いやられた。いつもどおり、「肉めし」と注文すると、店のお兄さんが、もうひとりのお兄さんに、「肉めし。海側のお客さん」と伝えた。

(海側?)

疑問はほどなくして氷解した。五分後にあらわれた一人客が、僕が座っている席と反対に位置する端に座り、「豚足とビール」と注文すると、「山側のお客さん、豚足にビール」とお兄さんはそう云った。

神戸という街は、この食堂の頭上を走るＪＲ線の鉄路によって二分されている。高架線から見て山の方——すなわち「山側」である——は、高架の脇にある道を一本渡ると、そこからすぐに山手に向かうなだらかな坂が始まる。反対に、海のある側に出れば、まっすぐ歩いて十五分もあれば港に辿り着く。高架線の北側に居れば「山側」で、南側に居れば「海側」というわけである。

ということは、海と山の境界線に当たる高架下は、どちらの側にも属さないことになる——。

〈丸玉食堂〉のカウンターでそのことに気づいたとき、神戸という街の中で、ことさら、この高架下が気になっていた理由を誰かに教えられたような気がした。

二匹の犬に挨拶をして始める街歩きは、二匹の犬にガイドされるように、いつでも、ふたつの面を味わっていた。

西欧風でありながらアジア的で、海の街でありながら山の街でもある。懐かしいけれど、すこぶるモダンで、華やかだけれどシックだった。

あちらとこちらを選びかねた自分の頭をひとつに統一するのではなく、そのまま、ふたつの方角へ同時に進んで行くにはどうしたらいいのか。その問いを考える街として神戸はうってつけだった。


この街は昔から、たびたび「お洒落な街」と云われてきた。しかし、お洒落とは、そもそも何だろう。

たとえば、ここに一人の女性がいるとして、彼女がいかにも自分に似合ったものを身につけたときに、「お似合いですね」と声をかけられるのはままあることだ。でも、「お洒落ですね」と声がかかるかどうかは判らない。「お洒落」というのは、どちらかと云うと、思いもよらないもの、ともすれば、その人の守備範囲から逸した「奇異なもの」が加味されたときに——音楽で云えば、ディミニッシュやオーギュメントといった不協和音にあたる響きを聴いたときに感じるのではないか。逸脱する寸前のところを、綱渡りのように進んでいくジャズ・トリオの演奏を、なぜ「洒落た音楽」と感じるのかという理由も、たぶんそこにある。

本来、ひとつに収まらないものが、ぎりぎりのバランスで共存しているさまを、「お洒落」の一言に託しているのではないか。

マグリットの絵を思い出した。ミシンと蝙蝠傘が出会うような、シュールレアリズムの思想にも通じている。

神戸は自分にとってそのような街で、「どうして、これほど居心地がいいのか」と繰り返し自問していたが、「物語」と「詩」を選びきれない自分を、（それでいいよ）と無言で諭してくれる街なのだった。


高架下のアーケード街には、あちらとこちらを向いた、ありとあらゆる店が詰まっていた。一間にも満たない狭い間口の店舗が、それこそ本棚に並ぶ本のように並んでいる。

衣服、アクセサリー、靴、花、菓子、本、レコード、眼鏡、カバン、文具、食器――なんでもあった。数として多いのはやはり洋品店で、海の向こうから届いたばかりの「本物」の風格を備えたアメリカやヨーロッパの品々が揃っていた。

愉快なのは、そのすぐ隣で有名ブランドのロゴを模したニセモノが平然と売られていることで、特筆すべきは、そうしたバッタもんが、どこかしらチャーミングに映ることだった。


だから、本物もニセモノも、およそ、たいていのものは神戸で買っていた。同じものでも、東京で買うより神戸で買う方がふさわしいように思えた。食べることについても事情は同じで、何を食べてもいちいち美味しい。その秘密は神戸という街の懐の広さ——ではなく、ほどよい「狭さ」と云うべきか——によるものかもしれない。

狭いがゆえに、自分の舌に合った、自分が「うまい」と感じる店だけを、朝、昼、晩と存分に食べて過ごせる。行きたい店が遠いので、「手近な店で済まそう」と妥協する必要がない。気に入った店を見つけたら、迷わず通い詰めればいい。実際、どこへ行くにも遠くなかった。

本を一冊買うのもまた同じで、古本は神保町で購めたが、新刊書店に並んでいる現役の本は神戸で買うことにしていた。具体的に云うと、東京でも買える本を、元町の〈海文堂書店〉で買っていた。それは、そうした決まりを自分に課していたのではなく、ひとえに〈海文堂書店〉が、どこか古本屋のような新刊書店だったからである。

本の並びの妙だった。二十四色の色鉛筆を、どんな順番で並べていくかという話である。新刊書店の本の並びは、たいてい赤から始まって紫に至る、著者がアイウエオ順で並んでいる教科書どおりのグラデーションになっている。便宜をはかってそうなっているのだろうが、背表紙を追っていくこちらの目を驚かさない。

一方、古本屋の棚では、思いがけないものが隣り合わせていた。その並びが、巧まざる「奇異」や「妙」を生む。

古本屋の棚は街なかのシュールレアリズムだった。

本棚が生きもののような力を持つのは、この「奇異」と「妙」が自然に生まれ、そのうえ、一見、ランダムに見える並びが、隠された暗号やパズルを解く楽しみを孕んでいる場合である。誰かの目にはでたらめに映っても、誰かの目には、またとない脈略が見える。

そうした絶妙さを小さな店構えの棚に見つけたのではなく、〈海文堂書店〉という、それなりの広さを持った二階建ての新刊書店の棚から感じとった。稀有なことだった。海にほど近い場所の力もあったかもしれない。海の近くの本屋で、刷り上がったばかりのあたらしい本や、見過ごしていた本を手に入れる喜び——。

これは、通い詰めた店々に共通して云えることで、中古レコードの〈ハックルベリー〉も、古本の〈後藤書店〉も、〈元町ケーキ〉も〈エビアン〉も〈明治屋神戸中央亭〉も、いずれも「海側」にあった。それらの店から海が見えるわけではないが、外国の船が停泊する穏やかに晴れた海がすぐそこにあるということが、本やレコードに触れる時間や、気軽に食事をする時間を独特なものにしていた。

そこにあって見えないがゆえに、視覚ではなく、体の中のどこかとも云えないところに、海が快く働きかけていた。

＊

どんなものにも引き際というものがあり、どこへ行くにも履いていたトカゲ色の靴にも、「もう、そろそろ」という引退の潮時が訪れていた。

それで、新しい靴を買ったのである。

八百五十円だった。それは自分が履いてきた数々の靴の中で間違いなく最悪の靴で、五分と歩かないうちに靴下が脱げて、歩くたび、靴の中に吸い込まれていく。常にアキレス腱がむき出しになった。靴が靴下を食うのである。悪夢のようだった。

それを見て、Bが笑っていた。

彼女とは学校で知り合った。一年中、学校をサボって古本屋に通っていたら、当然のように「落第」となって、もういちど一年生を繰り返すことになった。そのクラスに彼女がいた。落第しなければ出会うことはなかった。神保町に逃げ出していなかったら、落第はしなかった。

（そうか）と、また立ちすくんだ。
神保町という街の名前にも、「神」の一字が含まれている。

Bは「ボンズ」の略だった。ボンズは「坊主」の訛りで、Bはまだ小さな女の子であったころから、小林のおばあちゃんに「ボンズ」と呼ばれていた。おばあちゃんなりの愛情をこめた呼び方だった。

おばあちゃんは、Bの家の近所に住んでいて、親類縁者でもないのに、BとBの母親をいつも気にかけてくれていた。

「おれは」——とおばあちゃんは自分のことを「おれ」と云うのだった——「おれは、ボンズが二十歳になるまでは元気で生きているからな」。

常々そう云っていたが、本当にBが成人式の着物姿を見せに行った翌日から急に寝込んでしまった。

「あの世にいっても、おれはボンズをずっと見守っているぞ」

そう云い残して、あっさり逝ってしまった。

その「ボンズ」という呼び方を、僕が引き継いだ。

Bはよく笑い、あたらしい靴の悪夢も、Bが笑うと、不思議と憂鬱ではなくなった。

僕は学校に通い始めた。

とはいえ、出席だけとって、すぐに古書街に逃げ出していたのだが、放課後にまた学校に戻ると、Bを連れ出して神保町を歩いた。どんな本がいい本なのか、どんな作家のどんな作品が素晴らしいか、古本屋の棚を前にして、店主に怒られないよう、静かに力説した。

「デザインの学校に通っているけれど、本当を云うと、物書きになりたい」

〈さぼうる〉の小さな椅子に座って、そう打ち明けた。

「小説家になりたい」とは云わなかった。

小説を書きたかったけれど、それがいわゆる「小説」と呼ばれてしかるべきものなのかどうか自信がなかった。

古書店の店主たちも怖かったけれど、なんらかの信念をもって寡黙に仕事に臨んでいる大人の男たちは、その仕事の中身に関わらず、皆、怖かった。寡黙であることが肝要で、「知る者は云わず、云う者は知らず」という老子の言葉がある。寡黙な大人たちは、「知る者」に見え、何も知らない自分はただ萎縮するばかりだった。

中でもとりわけ怖かったのは〈茶房 李白〉の店主だった。店は神保町二丁目の路地の途中にひっそりあり、店内はほの暗く静寂が保たれ、ラン

プのあかりが灯って、コーヒーのいい香りがしていた。僕とBは古書街で買ったり買えなかったりした本の話に夢中になり、

「静かにしてください」

と、たびたび叱られていた。一人で行って、本に読みふけっていると、

「長居はご遠慮ください」

と釘を刺されたこともある。


ある日、例によって学校から逃げ出そうとしていたら、折悪しく、いちばん偉いヒゲの先生に「おい」と呼びとめられた。

「アルバイトをしてみないか」

意外な話だった。

「君は本が好きなんだろう?」

その先生は僕が学校ではなく神保町に通っていることを知っているようだった。

「本の装幀をしているデザイン事務所なんだけど――」

「やります」

話を最後まで聞くまでもなく即答していた。

まさか、怖い大人になりたいとは夢にも思わなかったが、自分も黙々と仕事をしてみたいと思い始めていた。


小さなデザイン事務所だったが、クライアントはどこも名の通った出版社ばかりで、僕はまだ学校に籍を残していたけれど、毎日、そのデザイン事務所に通って、朝から晩まで雑誌のレイアウトをするようになった。
学校からも神保町からも遠ざかっていた。結局、学校は出席日数が足りなくて卒業できなかったのだが、いつのまにか、アルバイトではなく正式に事務所の一員となって働き始めていた。

アルバイト代ではなく、はじめて給料をもらったとき、仕事の帰りに神保町に寄って、いちばん怖い店主がいる古書店で、何か記念に一冊買うことにした。店主は怖かったが、その店が古書街で一番の店で、じつのところ、あらかた、その店で買っていたのだった。が、店のいちばん奥に座って睨みをきかしている店主は、まず、ひとことも口をきいてくれないし、本を買っても、場合によっては「ありがとうございました」もない。

その店主が、僕が「記念の一冊」に選んだ本を見るなり眉をひらいた。お前さん、わかってるじゃないか、という顔になった。

選んだのは、結城信一の『夜明けのランプ』という本である。

「これは、いい本だよなぁ」

優しい声だった。（ああ）と僕は胸のうちでため息をついた。「いい本」と云われて心底うれしかったが、褒められたのはその本であって、自分ではない。それに、なにしろその本がどんな本であるかまるで知らなかった。知らなかったけれど、タイトルとたたずまいに魅かれて選んだのだ。

「ありがとうございました」と店主は云った。

（ああ）と僕はいま一度、嘆かざるを得ない。

何か、ひとつの区切りのようなものが、自分の身に起こりつつあった。云いようのない寂しさがあった。学校は卒業できなかったけれど、代わりに通い詰めた古書街で、いちばん怖い店主から卒業の言葉を云い渡されたような気がした。事実、働き始めていた自分は、もう神保町に通うことが出来なくなっていた。

引き際が訪れていた――。

＊

そうして神保町には行かなくなっていたが、休みがとれたときは、たとえそれが二日間であったとしても、Bを連れて神戸へ行くようになった。

Bはすぐに神戸を気に入り、とりわけ、旧居留地に強い関心を抱いて、図書館で資料をコピーしては研究を重ねていた。彼女もまた物語のような詩のような文章を書いていた。書くだけではなく、書き上がったものを、しっかりしたつくりの小さな本に仕立てていた。

元町の海に近いところに外国の船員たちが立ち寄るバーがあり、陽が暮れると、青いネオン管が店の名をぼんやりと光らせた。僕もBも下戸で酒は一滴も飲めない。そのバーの中を覗いたこともなかったが、彼女は自らの妄想を頼りに、その酒場をモチーフにした小さな本をつくった。

さらには、旧居留地の研究も一冊の本に実り、僕が相変わらずホテルのメモパッドに短い言葉を並べているあいだに、彼女は街を自分の作品にしていった。


Bはじつによく笑ったが、同じくらい、じつによく泣いていた。

ぽろぽろと、本当にそうした擬音が聞こえてくるような涙の粒があふれ出てくる。映画を観ているとき、口喧嘩になったとき、自信を失ったとき、小さな動物がひどい目にあっているのを知ったとき——さまざまな場面で彼女は泣きつづけた。

「人間は泣いているときに、いちばん心がきれいになる」

だから、泣くのは悪いことじゃない、と僕はそう云いたかったのだが、そういうとき、Ｂは首を振りながら、なお泣きつづけた。

僕は新聞社が発行している雑誌のレイアウトを担当するようになり、毎年、高校野球の季節になると、大阪に二週間滞在して、夜七時から深夜の二時まで、その日あった試合の記事を組んで、仕上がったものを航空便で東京の印刷所に送り出していた。すべてがアナログの手作業だった。

甲子園の仕事を始めた最初の夏、期間中に日航ジャンボ機が墜落して、席を並べていた記者の一人が、急遽、現場に派遣された。

ある年は編集長Nさんの御母堂が亡くなり、深夜の編集部でNさんは「おふくろが死んだっていうのに、おれはホテルのテレビで映画を観ていた」と苦笑した。「どう思うよ、先輩」とNさんは云った。Nさんは僕よりずっと歳上だったが、誰に対しても「先輩」と声をかけた。持病があり、「なぁ、先輩。もし、おれが机に突っ伏して眠っていたら、かならず起こしてくれ」と目を細めてそう云った。

ある年は編集部でいちばん若い部員であるK君の父親が亡くなり、彼は一日だけ休んで喪主をつとめた。葬儀に参列した別の部員の話によると、K君は「僕に父の話を聞かせてください」と列席者に呼びかけた。

「父はいま、ここにいますので」

そう云って自分の胸に手を当てたという。

その仕事を始めて何年かは一人で大阪のホテルに宿泊し、夜になるまで仕事はないので、毎日、神戸まで出かけて時間を過ごした。働くようになってから一人で時間をかけて考える機会が少なくなっていたが、その二週間は以前のように一人に戻れた。一人になると、自動的に頭が「書くこと」について考える。仕事の合間のわずかな移動時間に手帳をひろげて物語のつづきを書いた。誰かに読んでもらうあてもなく、ではどうして書くのか、と絶えず自問していた。

これは、どうしてメモをとるのか、あるいは、どうして写真を撮るのか、という疑問と根が同じである。

人はどうして写真を撮るのだろう——。

そうしたある年、二週間の大阪滞在にBを連れて行った。彼女はそれまでの仕事をやめ、次の仕事を探しているところだったので、ちょうど自由になる時間があった。

二人で神戸を歩いた。〈海文堂書店〉で本を買い、〈オリエンタルホテル〉のレストランでハンバーグを食べて、〈コットン〉でコーヒーを飲んだ。どこにいても何かしら話していた。こんなに話すことがあるのかと呆れるぐらい話し、自分の頭の中にある混沌とした考えを、混沌としたまま話しつづけた。Ｂはそれを辛抱強く聞いてくれた。わからないことがあると、どうしてわからないのか、二人で考えた。

あと少しで二週間が終わろうとしていたころ、ふいに僕は一人になって考えたくなった。仕事のことや将来のことを二人で考える時間は愉しかったが、自分には長くつづけてきた「一人で考えて一人で言葉を書く」習慣があった。

僕は急に口をとざした。

一人で考える時間がほしいと思った。

あるいは、頭の中にあったものをすっかり話してしまったので、一人になってじっくり考えないと、次に話すことが思いつかなかったのかもしれない。

Bは戸惑っているようだった。それはそうだろう。急に僕が何も話さなくなったのだから。笑いが消え、気まずい空気に支配されて、Bはその空気の理由を一人で解こうとしていた。

「わたし、帰った方がいいかな」

長い沈黙のあとに、Bは小さな声でそう云った。

彼女は新神戸駅から新幹線に乗って東京に帰った。ホームから列車が離れて行くのを見送り、それで僕は望んでいた一人の時間に戻ったのだが、それはそれまで経験したことのない「一人」の感覚だった。

兄弟姉妹もなく一人で育ち、子供のころから一人で遊んで、一人で考えて、一人で読んだり書いたりしてきた。一人で食事をするのが好きだったし、一人で歩いて、この先もきっと一人で生きていくのだろうと呑気にそう考えていた。

しかし、駅のホームから階段をおりるあいだ、自分のまったく知らない「一人」がそこにあらわれ、どういうわけか、足がもつれそうになった。

誰かが僕の顔を見て、すぐに視線を逸らした。

ひどい泣き顔だったからだと思う。

駅を出て、そのままバスに乗って三宮まで戻るつもりだったが、涙がとまらないので、バスをあきらめて歩いて坂をおりた。空は晴れていて、ところどころ少しだけ海が見えた。かたわらをバスが通り過ぎ、北野町に出て、観光客でにぎわうハンター坂をおりた。

生田神社の脇の通りを歩いて三宮駅にたどり着き、大阪までの切符を買いかけて思いなおした。

無人電車に乗りたかった。

それまで何度もそうしてきたように一人で無人電車に乗り、人工島を一周して街に戻った。

高架下を歩き、そのとき財布の中にあったお金をすべて使って、丈夫そうな白いスニーカーを買った。店のお兄さんが僕の履いていた悪夢のような靴を一瞥し、

「履き替えますか」

と磨きたてのような白い歯を覗かせてそう云った。

履き替えたあたらしい靴で大阪に戻り、その二日後に、あたらしい靴で東京に帰った。すぐにBに電話をし、「大事な話があるんだけど」と次の日に会う約束をした。

婚姻届を出しに行く準備をしていたとき、「うちは本籍が銀座だから、出しに行くのは中央区役所だぞ」と父が云い出した。初耳だった。聞けば、父の祖父――すなわち、僕の曽祖父は歌舞伎座の裏で鮨屋を営んでいたという。しかも、曽祖父は明治維新に乗じて、関西から東京へ出てきたらしい。

「関西？」

「まぁ、京都か、大阪か、あるいは神戸かな――」

父もよく知らないようだった。

結婚式を神戸で挙げようと決めたのは、あるいは、自分のルーツが神戸にあるかもしれない、という勝手な思い込みからだった。

本当のところはわからない——。

ただ、神戸で書いたメモやノートに、「ここは自分の場所だ」と何度も書いていた。

若いときに胸を患った父が、療養のために神戸へ来ていたときの話を聞いたことがある。父がまだ母と出会う前の話だった。

「いいところだったたな」

しみじみとそう云っていた。そうした記憶が、父の言葉によってなのか、それとも、もっと体の奥深くに伝えられた何かなのか、理屈を越えて自分に浸透しているのではないかと思っていた。

十月のある日、六甲山の山の上にある教会でひっそりと式を挙げた。B

は自分でドレスをつくり、山の上とはいえ神戸の教会なのだから、背の高い青い眼の牧師さんがあらわれるのではないかと思っていた。

が、聖書台の向こうに立っていたのは、背が低くて黒い瞳の朴訥な牧師さんで、その朴訥な印象は、聞きようによってはフランス語にも聞こえる青森訛りの言葉によるものだった。

牧師さんは太い眉を動かし、

「わたくしからお二人に、はなむけの言葉を差し上げたいと思います」

たぶん、そう云ったのだと思う。本当はよく聞きとれなかった。

牧師さんは、つぶらな瞳で僕たちの顔を順に見て、思わせぶりな間をとったあとに、

「ゴー・アンド・ゴー・アンド・ゴー」

と短くそう云った。

あとがき

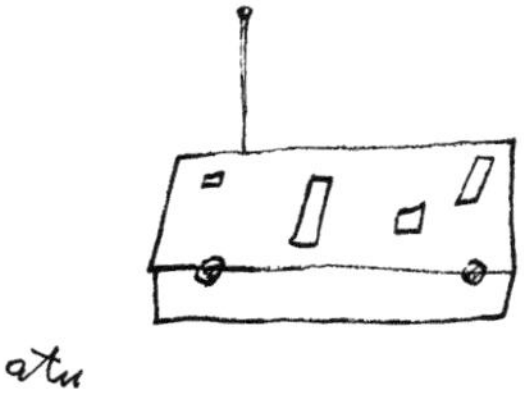

「ゴー・アンド・ゴー・アンド・ゴー」は、いまや、われわれの合言葉になっている。とっておきの合言葉、と云ってもいい。たとえば、舞台に立って人前で話さなくてはならないようなとき、その舞台袖で、「ゴー・アンド・ゴー・アンド・ゴー」と小さくつぶやく。あるいは、大きな仕事を前にして、さて、自分たちは本当にこれを成し遂げられるのか、と足踏みしてしまうようなとき、あの朴訥な牧師さんの顔を思い出して、笑いながら「ゴー・アンド・ゴー・アンド・ゴーだよ」と励まし合う。

シンプルでいい言葉だと、あらためて思う。

一九九五年の一月十四日から十七日まで、四日間の滞在予定で神戸に行くことになっていた。が、そろそろ新幹線の切符を予約しようという段になったとき、Bが風邪を引いて体調を崩してしまった。それで、その旅は延期することになった。

地震のあとしばらくして、商店や飲食店が少しずつ営業を再開し始めているのを知り、われわれも延期していた旅を再開するべく神戸に赴いた。街がどのような状況になっているか、写真やテレビの映像を通して知っているつもりだったが、実際に歩いてみると、たとえば、歩道が波打っているところが何箇所もあって、まっすぐに歩けなかった。建物の垂直線が失われて軽いめまいが起きる。街中が細かい塵に覆われていた。

手帳を持ち歩いていたが、目にしたものを、なにひとつ言葉に出来なかった。ただ黙って、いつも歩いていたところを、すべて歩いた。

本を買って、食事をして、コーヒーを飲んだ。なるべく、いつもどおりに買い物をして、いつもより沢山お金をつかった。

自分に出来ることはそれだけだった。

その六年後に、自分の書いた小説が世に出た。〈ホテル・トロール・メモ〉を書いてから二十年近くが経っていた。

本を読んだ父から電話があり、「お前は何度、おれを殺すんだ」と笑いながらそう云った。何を云っているのかわからなかったが、自分の書いた小説を読みなおしてみると、登場人物の何人かが、「父親を失った」ことに言及していた。まったく意識していなかったので自分でも驚いたが、父はそれから半年後に、突然、逝ってしまった。

唐突な父の死が、なかなか書けずにいた『つむじ風食堂の夜』という小説を僕に書かせた。本が出たあとしばらくして、思いがけず、K君から手紙が届いた。彼から手紙をもらったのはそれが初めてだった。

「吉田さんは、ついに自分の言葉を手に入れたのですね」

そう書いてあった。

この本に収録した〈ホテル・トロール・メモ〉は、現物が紛失して、いまは手もとにない。〈トロール〉という名のホテルは創作だが、メモパッドをつくったのは本当である。メモパッドをスキャンしたものを表紙がわりに掲載しておいた。沢山つくったので、未使用のものが何束か残っている。ただ、書きとめたメモを編集してつくった小冊子は、どこかにいってしまった。

何年か前に世田谷文学館で僕とBの展覧会があったとき、僕が「最初につくった本」として展示するつもりだった。でも、見つからなかった。

ところが、今回、この本を書くにあたって、当時の日記を整理していたら、小冊子をつくったときの控えのノートが日記にまぎれて発見された。それをもとに再現したのが本書に収録した〈ホテル・トロール・メモ〉で、「幻の処女作」などと呼ぶのはおこがましいけれど、いまのところ、現物が幻と化してしまったのは事実である。

この本は、期せずして、前著『金曜日の本』のつづきのようなものになった。『金曜日の本』では自分の幼少期から中学にあがるくらいまでのことを書いたが、この本では、高校生の終わりぐらいから結婚するまでのあいだに起きたことを、神戸と神保町というふたつの街を中心に据えて書いた。中心に据えるものを別の街や別の出来事に置き換えれば、この時代に見たり聞いたりしたことは、また別の本として書けるかもしれない。

この何年か、創作をつづけながら、何度も「誰か助けてくれ」と小さく叫んできた。しかし、自分の創作を他人が助けてくれるはずがない。それで、膨大に残されたメモを読んでいたら、そこに過去の自分がまだ息づいていて、向こうからしてみれば「未来の自分」である現在の自分に、「忘れるな」「こんなふうに考えた」「いいことを思いついたぞ」「いつかきっと書こう」「書いてみたい」「そのときが来たらね」——そう云っていた。

他人は助けてくれないけれど、過去の自分が、いまの自分に、「書くことは山ほどある」と小さく叫んでいた。

神戸のことを書いてみませんか、と云い出したのは、夏葉社の島田さんである。「いつかきっと書こう」と思ってはいたけれど、それはもっと先のことになるだろうと、なんとなくそう決めていた。
でも、島田さんと話しているうち、街の片隅でひたすらメモをとりつづけているあのころの自分が映画の一場面のように思い浮かんだ。あのころの自分といまの自分の二人で書けば、なんとかなる――いや、「いまこそ、書くべきじゃないか」と神様がひさしぶりに耳もとで囁いた。

自分にとって最初の小説となるものを世に送り出すことが決まったとき、それまで二十年近くあたためてきた「ゴールデン・スランバー」というタイトルの長くて大きな物語を書こうと迷わずそう思った。じきに、二十世紀が終わろうとしているころで、メモやノートを整理して大まかな構成を決め、断片的に書いてあったものを編集して骨格となる文章をつくった。あとは、骨格に肉付けをしながら書いていくだけだった。

にもかかわらず、突然、気が変わったのである。どうしてなのかわからない。ただ、「大きな物語」を書くのはやめよう、とそう思った。小さな物語が連なったものにしたい、と仕切りなおし、そのとおりのものを書いて、それが最初の一冊になった。

このごろ、また同じようなことを考えている。やはり、理由はわからない。どうしてか、わからないけれど、自然と小さな物語を書いたり、この本がそうであるように、小さな本をつくっている。

その理由は、きっと「未来の自分」が知っている。

二〇一八年　春（晴天）

吉田篤弘

吉田篤弘（よしだあつひろ）
一九六二年東京生まれ。作家。小説を執筆するかたわら、クラフト・エヴィング商會名義による著作とデザインの仕事を続けている。著書に『つむじ風食堂の夜』『それからはスープのことばかり考えて暮らした』『レインコートを着た犬』『モナ・リザの背中』『ソラシド』『空ばかり見ていた』『台所のラジオ』『遠くの街に犬の吠える』『京都で考えた』『金曜日の本』など多数。

本書は書き下ろしです。

神様のいる街

二〇一八年 四 月二五日 第一刷発行
二〇二三年一〇月二五日 第二刷発行

著者 吉田篤弘

発行者 島田潤一郎
発行所 株式会社 夏葉社
〒一八〇-〇〇〇一
東京都武蔵野市吉祥寺北町
一-五-一〇-一〇六
電話 〇四二二-二〇-〇四八〇
http://natsuhasha.com/

印刷・製本 中央精版印刷株式会社
定価 本体一六〇〇円+税

ISBN 978-4-904816-27-1 C0095 Printed in Japan
落丁・乱丁本はお取り替えいたします